내 마음에
꽃비가 내리면

김이진 제2시집

시음사
시사랑음악사랑

본문
시낭송
감상하기

QR 코드 　스마트폰으로 QR 코드를 스캔하면
　　　　　시낭송을 감상할 수 있습니다.

 제목 : 그리움 뭘까
시낭송 : 김지원

 제목 : 어느 봄날 아침에
시낭송 : 박영애

 제목 : 당신은 수채화 같은 사람
시낭송 : 박영애

 제목 : 옥수수
시낭송 : 박태임

 제목 : 시 쓰는 여자
시낭송 : 박영애

 제목 : 여유
시낭송 : 박영애

 제목 : 아리랑
시낭송 : 박영애

 제목 : 자유로운 영혼
시낭송 : 박순애

 제목 : 커피가 그리운 아침
시낭송 : 김이진

 제목 : 봄을 마시는 가을 밤
시낭송 : 박영애

 제목 : 내 마음의 풍경
시낭송 : 박영애

 제목 : 영월 민속 5일장
시낭송 : 김이진

 제목 : 눈 내리는 수요일 아침
시낭송 : 최명자

시인은 자연을 이야기하고 시낭송가는 자연을 품었다.
글자는 날개를 달아 언어로 날고 소리는 자연에 눕는다.

시인의 말

어느덧
등단한지 14년이 되었다

이제 두 번째 외출이다
〈내 마음에 꽃비가 내리면〉

취하고 싶음이다
흔들리고 싶음이다
왈츠 속으로 빠지고 싶음이다
꽃비의 숨결을 느끼고 싶음이다
아름다운 언어들의 속삭임을 듣고 싶음이다

그
리
고

누군가의 가슴으로
꽃비 되어 흐르고 싶음이다

이제 또 다른
세상 속으로의 여행
뜨거운 가슴으로 사랑하고 싶음이다
오래도록 기억하고, 기억되고 싶음이다.

2019년 5월
시인 김이진

제 1 부 공간

제 2 부 떨림

제 3 부 안부

제 4 부 행복 한잔

제 1 부

공간

공간

누가 창가에
수채화를 걸어 놓았을까

새콤달콤 입안에서
톡톡 터지는 아름다운 언어들의 알갱이
한 편의 시가 되어 커피잔 속에 빠졌다.

갈증

미세먼지에
지쳐있던 그리움

얼마나
그리웠으면

얼마나
보고팠으면

봄비 오는 소리에
한 걸음에 달려와
투박한 남자의 품에 안길까

기억

이 세상
어딘가에
나를 기억해주는
사람이 있다는 것
그것은 아름다운 선물이며 축복이다

김이진
너 삶을
참 잘 살았나보다

하루를 여는 아침
아름다운 언어들이
입안에서 싱그러운 비명을 지른다.

꽃비

너무나
아름다운
무희의 몸짓인가

어느
시인의
가슴은 흠뻑 젖었다

한 줌
바람에도 일렁이는
그녀의 숨결을 느끼고 싶음이다.

방황

밤새
길거리를
방황하던
그리움의 조각들

새벽 비에 흠뻑 젖어
차가운 아스팔트 위에 잠들었다

하나, 둘 흔들어 깨워
내 따뜻한 가슴으로 품는다.

혼술

맑음의 숨결일까
투명한 이슬방울이
가슴 속으로 흐른다

싸하게
가슴을 적시는
그 느낌 정말 좋다

가끔은 이렇게
나 혼자만의 시간
가슴을 적시고 싶다

아프다
외로움일까
그리움일까
봄바람에 가슴이 일렁인다

혼술은
투박한 남자의
빈 가슴을 흔들고 있다

봄비가
소리 없이 내리는 이 밤
남자는 혼술에 가슴을 내어준다.

기도

봄날에는
포근하고 따뜻한
사랑만 했으면 좋겠습니다.

욕심이라
말해도 괜찮습니다
아프지만 않았으면 좋겠습니다

지난겨울
그 시리고 아픈 가슴
다 내려놓고 베란다 창으로 들어오는
예쁜 햇살 한 줌 가슴에 품고 싶습니다

누군가
가슴이 시린 사람에게

누군가
그리움으로
눈물 흘리는 사람에게

햇살 한 줌
예쁘게 포장해서
지나는 바람 편에 부치고 싶음입니다.

승무(僧舞)

하얀 고깔 속에
감추어진 수줍은 여인

자유로운
영혼을 꿈꾸는 것일까

한 마리
학이 되고 싶음일까

선(線)이 그려내는 몸짓
사뿐 사뿐 하얀 버선발은
굿거리장단에 너울너울 춤을 춘다.

파도3

내 주머니 속
앙증맞은 조개껍질 하나
하얗게 부서지는 그녀의 숨결.

사랑은

1.
사랑은
누군가에게
한 그루 나무가 되어
오래도록 함께 거닐며
가슴으로 사랑하는 것.

2.
어느 봄날
상큼한 바람으로 다가와
수채화 물감 흠뻑 뿌려놓고
미처 다 그리지 못한 수채화에
그리움이라는 이름만 남겨둔 채
또 다른 세상으로 날갯짓 하는 것.

꽃샘바람

그대는
맑음의 숨결

오늘따라
앙탈을 부리는 너
짜증 어쩔 수가 없네

그냥
애교로 봐줄게

사랑이라는 이름으로……

그녀가 봄

지난겨울
봄을 가지러
간다던 그녀

어디쯤
오고 있을까

날마다
그녀를 기다렸지만
그녀는 오지 않았다

그녀는
내 가슴 속에 있었다.

보고 싶다

누가 투박한
남자의 가슴에
수채화 물감을 뿌려놓았는가
지나는 바람은 알고 있겠지…….

오늘처럼만

떨어지는
꽃잎의 슬픔
금방이라도 울음을
토해낼 것만 같은 하늘

그 속을
들여다볼 수 없는
슬픔을 생각하지 말자

그래
내일 일은
걱정하지 말자

오늘 이 시간
오늘을 사랑하자

그리고
내일도
다음날도
그 다음날도
오늘처럼만 사랑하자.

그리움 뭘까

봄비를
품고 싶음일까

꽃비에 취해
비틀거리는 밤

어둠 속으로
흐르는 빗소리
남자의 가슴을 흔들고 있다

그리움 뭘까

뜨거운
숨결 속으로
꽃비가 내린다

꽃비 속으로
내리는 별 하나
살포시 내 품속으로 걸어온다.

제목 : 그리움 뭘까
시낭송 : 김지원

스마트폰으로 QR 코드를 스캔하면
시낭송을 감상할 수 있습니다.

너의 손길에

바람의
유혹에도
흔들리지 않았는데

붉은 입술로 다가온
너의 유혹에 내 마음은
초록 물방울이 되고 말았다

너의 손길에
흔들리고 싶다

너의 숨결에
가슴을 내어주고 싶다

아무런
조건 없이 …….

그대 오셨군요

그대
오셨군요

너무나 기쁘고
너무나 감사해서
뜨거운 포옹으로
당신을 맞이합니다

밤이 지새도록
그대의 속삭임에
내 가슴 흠뻑 젖었답니다

사랑한다
보고 싶다
간절한 그리움
어찌 아셨는지요

메마른 가슴
당신으로 인하여
연초록 향기바람
내 가슴속에서 춤을 추고 있답니다.

어느 봄날 아침에

당신은
어느 봄날 아침에
상큼한 향기바람으로 다가와
내 가슴을 흔들어 주었습니다

얼어붙었던
얼음장 속으로
봄이 찾아오듯이
당신은 한 줌 햇살이 되어
내 가슴 속으로 살포시 들어왔습니다

그 날을 기억하며
지금처럼 상큼한 향기바람 나는
당신이길 두 손 모아 기도하며
그 향기 내 가슴속에 오래 머물도록
날마다 수채화 물감을 흠뻑 뿌리겠습니다

오랜 시간이 흘러
그 향기바람 느끼지 못할 때가
오더라도 너무 슬퍼하지 않겠습니다

이미 내 안에
당신의 향기로
깊숙이 배어 있기에
아름다운 기억으로 사랑하렵니다

옆에만 있다면
그냥 바라볼 수 있다면
당신을 처음 만난 그 날을
영원히 잊지 못할 것입니다

당신은
숲에서 불어오는
맑음의 숨결입니다

당신은
내 가슴 속 화폭에서
영원히 지울 수 없는
아침햇살 같은 아름다운 내 사랑입니다.

제목 : 어느 봄날 아침에
시낭송 : 박영애

스마트폰으로 QR 코드를 스캔하면
시낭송을 감상할 수 있습니다.

빗소리 들리시나요

당신 가슴 속으로
달려가고파 하는 멋진 남자

그리움을 싣고
어둠 속을 달리고 싶은 남자

언제부터인가
비를 무척이나 사랑하는 남자
아마도 당신을 알고부터인가 봅니다

비는 묘한 마력이 있나 봅니다
그 마력에 이끌리어 가슴을 내어주는 남자

그대 빗소리 들리시나요

빗소리에
휘청거리는 밤

그리움이
가슴으로 흐르는 밤

뜨거운 가슴 하나
그대 창가에 걸어두고 싶음입니다.

향기바람 품속으로

향기바람
품속으로
꽃비가 내립니다

이 꽃비가
떠나갈까 봐
마음 조아립니다

연초록은
초록으로
물들어 가듯이

그들은
또 다른 세상 속으로
여행을 떠날 채비를 합니다

아무도 없는
플랫 홈에서
새벽 기차를 기다리며
뜨거운 포옹을 나눕니다.

가슴으로 내리는 비

비가 오는데
왜 눈물이 날까요

비가 오는데
왜 가슴은 젖어오는 걸까요

내 가슴에
물어봐도 아무런 대답이 없네요

눈이 아파요
눈알이 빠질 것처럼
머리가 터질 것 같아요

보일러 연통 위로
똑똑 떨어지는 빗방울 소리가
왜 이리도 처량하고 짠하게 들리는 지요

약장을 뒤적거려 봅니다
아 여기 있네요
무슨 약인지는 모르지만
한 봉지 뜯어서 입안에 털어 넣습니다.

첫사랑 그 설렘으로

내
가슴은
긴 머리
문학소녀를
만난 것처럼

붉은 포도주를
가슴에 뿌린 것처럼
얼굴은 후끈 달아오르고

당신의
가슴을 훔친 탓일까
심장은 금방이라도 터질 것만 같다

바람이
내 가슴을
흔들어 대던 날

이름 모를
작은 들꽃들이
날 유혹하던 날

첫사랑의
그 느낌, 그 설렘으로
수채화 물감을 풀어놓는다.

봄비에 젖고 싶은 밤

봄비가
밤을 적시고 있습니다

그
봄비에
어느 남자의
가슴도 젖어 갑니다

흙먼지
폴폴 날리는 가슴을
흠뻑 적시고 싶음입니다

밤이 지새도록
그대를 꼭 붙잡고
마냥 그 빗속을 걷고 싶음입니다

보일러 연통 위로
떨어지는 빗소리
가슴속으로 흐르고 있습니다

봄비에 젖고 싶음일까
봄비 오는 소리에 흔들리고 싶음일까
남자는 그렇게 봄비에 가슴을 내어주고 있다.

그리움은 바람 같은 것

누가 그리움은
강물 같은 것이라 했을까

누가 그리움은
바람 같은 것이라 했을까

잊으려 하면
더 가까이 다가와
내 마음 흔들어 놓고

까만 그리움은
새벽 기차가 떠날 때까지
그렇게 소리 없이 눈물 흘리고

수없이 하얀 밤을 만나지만
그래도 잊을 수 없는 그리움
오늘밤 아무도 몰래 살포시 꺼내어 볼까.

당신은 수채화 같은 사람

당신은
내게 가장 소중하고
아름다운 사람입니다

내
가슴 속에
수채화 같은
추억을 그려준 사람입니다

당신은
베란다 창가로 살포시 찾아온
아침햇살처럼 따뜻한 사람입니다

바람의 몸짓에도
작은 들꽃들의 속삭임에도
당신은 눈물을 흘렸답니다

바람을 포옹하며
풋풋한 감성을 먹고사는
문학을 노래하는 소녀였답니다

아주 오랜 세월이 흐른 뒤
가슴속에 감추어둔 추억들

하나, 둘 살포시 꺼내어
수채화 물감에 흠뻑 적셔
파아란 하늘에 걸어 두고 싶음입니다.

 제목 : 당신은 수채화 같은 사람
시낭송 : 박영애
스마트폰으로 QR 코드를 스캔하면
시낭송을 감상할 수 있습니다.

봄이 내 가슴을 흔드는 이유

나를
책갈피 속에
넣어두고 싶다던

그
녀
가

내
책갈피 속에 있었다.

제 2 부
떨림

떨림

수통으로 흐르는
빗소리가 이렇게 정겨움일까

베란다 작은 정원
나만의 유일한 공간
속삭임 떨림으로 다가온다

따뜻한 커피 한 잔이
가져다주는 또 다른 행복
입안에 남아있는 그 느낌 참 좋다

오월의 풍경 속으로
아무 말 없이 걸어가는 남자
책 냄새에 흠뻑 취했나 보다
그 풍경 속으로 수채화 물감이 흐르고 있다.

자유

세상은
온통 초록물결이다
오월의 향기바람이
왈츠를 추는 행복한 주일 오후

목선을 타고
흐르는 굵은 땀방울이
멋진 남자의 가슴을 훔칠 때
혈관을 타고 뜨거운 전율이 흐른다

물
한 모금
목젖을 적신다

남자는
거친 숨 몰아쉬며
마라톤화에 몸을 맡기고
자유로운 영혼이 꿈꾸는
세상 속으로 여행을 떠난다.

숨결

맑음의 숨결이다
앙증맞은 들꽃이
바람결에 일렁이다
가슴 속으로 들어왔다

파아란 하늘
초록물방울이 뚝뚝 떨어진다
당신 마음처럼 참으로 예쁘다

구름도
발길을 멈추고
하늘 품에 잠들었다

출근길 상큼발랄
싱그러운 아침햇살이
회사 사무실까지 따라와
내 책상 위에 살포시 앉았다

금요일의 아침
향이 좋은 아메리카노
그녀의 숨결을 마신다.

눈물

시계의
초침소리만
잠들지 않았다

갑자기
외로움이 찾아와
가슴을 마구 흔들어 댄다

따뜻한
차 한 잔에 마음 내려놓고
음악 속으로 여행을 떠난다

눈물이 난다
소리 없는 눈물의 의미
왜 무엇인지는 모르지만
남자는 한참을 그렇게 울었다

거울 앞에
서 있는 남자
누군지 모르지만
참으로 잘 생겼다

그렇게 남자는
쓸쓸한 웃음 뒤로하고
거울 속으로 사라진다.

선(線)

춤사위
온몸으로 전해지는
짜릿한 전율, 떨림은
내 심장을 멈추게 한다

그것은 예술이다
신이 내려준 아름다운 선물이며 축복이다

음악은 심장을 타고
선이 움직이는 대로
한 쌍의 나비가 되어
허공을 선회하며 왈츠 속으로 빠진다

선과 선의 만남

강렬한 울림
부드러운 몸짓
둘은 하나가 되었다

선이
풀어내는
뜨거운 숨결
아름다운 영혼의 몸짓
겨울 바다 속으로 빠진다.

2017 ISU 4대륙 피겨스케이팅(혼성) 선수권대회
강릉올림픽파크 강릉아이스아레나 경기장에서

42

풋사랑

그
녀
가

내 가슴 속으로 들어왔다

뜨거운 숨결이다
입술은 바짝바짝 타 들어간다

난
이불속에서
신음 소리를 낸다

누군가
날 흔들고 있다

여보!
약 드시고 주무세요.

야생화

야생화라는 이름으로
작은 바람의 서투른 몸짓에도

생글 생글 예쁜 미소로
지나는 이 발걸음을 멈추게 한다

화려하지는 않지만
마냥 자유로운 영혼이고 싶습니다.

선풍기

그리움일까
오늘도 삐거덕거리며
윙윙 울어대는 선풍기

내
젊은 날의
추억을 기억하려는지
뜨거운 열기를 토해내고 있다

목이
아픔인지
깁스를 하고
압박붕대로 칭칭 동여매고

더위에 지친 탓일까
세월의 깊이 탓일까
꾸벅거리며 윙윙 울어대고 있다

내
젊은 날의
꿈을 먹고 살았던 그 선풍기
오늘도 뜨거운 바람을 토해내고 있다.

밤바다

입안에 감도는
그녀의 은은한 향기
멋진 남자의 가슴은
밤바다의 유혹에 떨리고 있다

파도의 감미로운 속삭임
하얀 그리움으로 달려와
남자의 품속에 얼굴을 묻는다

그녀의 향기
그리움이 만들어 놓은
모래 언덕에 살포시 내려앉아
밤바다가 부르는 소리에 취하고 있다

하얀 물보라
파도의 애절한 손짓
밤이 지새도록 백사장에 그려놓은 그리움
또 하나의 그리움으로 밤바다를 거닐고 있다.

옥수수

핸드폰의 울림
굵은 땀방울들이
알알이 익어가는 여름
친구는 문득 내가 생각이 났단다

40도를
오르내리는 폭염 속에서
옥수수를 수확하여 우체국에 왔단다

농부시인
친구가 보내온
옥수수 포대 안에서
투박한 남자의 뜨거운 숨결이 묻어난다

찜통에서 맛깔스럽게
익어가는 옥수수 냄새
왠지 모르게 친구 생각에
가슴이 짠하게 젖어온다

옥수수 몇 통을 챙겨
어머니에게로 달려간다
친구의 따뜻한 마음을 담아…….

제목 : 옥수수
시낭송 : 박태임
스마트폰으로 QR 코드를 스캔하면
시낭송을 감상할 수 있습니다.

47

공습경보

공습경보다

허공을 선회하는
비행기 소리가 심상치 않다

어둠 속으로 적들의 출현
미처 대피하지도 못한 채
무차별 공격을 당해야만 했다

전열을 가다듬어 반격이다
붉은 피를 흘리며 쓰러져간다
그러나 그들을 상대하기에는 역부족이다

어둠 속으로 아침이 밝아온다
그들은 진지 속으로 모습을 감추었다

치열했던 지난밤의 흔적
내 엉덩이에 붉은 꽃이 피었다.

시인의 마음

잉태

그
리
고

탄생

언어들의 속삭임
고뇌의 거리를 지나
내 가슴 속 정원에서
수채화를 그리고 있다.

태양의 노래

어느
뜨거운 여름날

그녀는
초록의
숨결로 다가왔다

아이스 아메리카노
그녀의 상큼한 마음이
얼음조각 위에서 춤추고 있다

산다는 것
바쁘다는 것
행복하다는 것
내가 만들어가는 그림이다

목선을 타고
흐르는 굵은 땀방울

뜨거운 숨결이
심장 박동을 멈추게 할지라도
나는 거기에 우뚝 서 있을 것이다

태

양

의

노래를 부르면서…….

행복한 비명

자유로운 영혼은
오늘도 분주한 하루였다

아내를 출근시키고
헬스장에서 굵은 땀방울 흘리며
근육질의 반란에 행복한 비명이다

샤워중이다
거울 앞에서 포즈를 취하는 남자
자아도취인가 실실 웃음을 토해낸다

잠시 휴식의 시간
아메리카노 커피 한 잔에 마음 하나
내려놓고 아름다운 언어들과 연애중이다

달콤한 속삭임
잠시 가슴 속 서랍에 보관하고
일터에서 돌아올 아내를 위해 저녁 준비 중이다

수육을 삶고
구수한 청국장을 끓이고
싱싱한 채소들 예쁜 접시에 담아내고
마음을 담아 소박한 저녁 밥상을 준비하였다

시원한 맥주 한 잔
수고한 아내와 함께한 저녁 밥상
배가 빵빵 기적을 울리며 행복으로 달린다.

시 쓰는 여자

삶에 지친 언어들이
시장 좌판에 널브러져 있다

요리가 취미인 그녀는
조금 싱싱한 놈들을 골라
예쁜 보자기에 담아 발길을 옮긴다

자연에서 채취한
신선한 양념에다
골고루 버무려 혼을 불어 넣는다

자연의 속삭임일까
아름다운 언어들이 하나, 둘
새로운 생명의 아침을 맞는다

들꽃을
닮은 여자는
향이 좋은 꽃차를 준비한다

날마다
시를 읽어 주는
멋진 남자의 목소리를 기다리며…….

제목 : 시 쓰는 여자
시낭송 : 박영애
스마트폰으로 QR 코드를 스캔하면
시낭송을 감상할 수 있습니다.

땀방울의 의미

초록물결이다
포도밭 숲길에
향기바람 일렁인다

수줍음일까
초록 알갱이들
하얀 봉지 속으로 숨는다

철사에 찔린 손가락
하얀 봉지 위에다
또 하나의 수채화를 그린다

그들이 흘린 땀방울
오늘 우리에게 주어진 시간
얼마나 소중하고 기쁘고 감사함인가

땅의 숨결이다
자연의 숨결이다
서강의 강 언덕에
뜨거운 사랑이 톡톡 터진다.

싱그러운 아침에

새콤달콤
사과 한 조각이
입 안에서 행복한 비명이다

멋진 남자는
초록 물방울이
뚝뚝 떨어지는 싱그러운 아침에

수채화로 물들인 사랑
시집 하나 들고 우체국 창구 앞에 서 있다

수취인은
눈망울이 예쁜 어느 소녀에게

멋진 남자는
행복 하나 가슴에 품고 헬스장으로 향한다.

사랑보다 진한 정

수채화
물감냄새가
그리움일까

얼굴을
어루만지며
아름답게 사랑하고
힘차게 달리라 한다

그녀의
투박한 입술이
사내의 입술을 훔친다

수채화
물방울이
뚝뚝 떨어지는 아침에…….

함께 하고픈 사람

아침부터 내리는 비는
종일토록 가슴을 적시고 있답니다

오늘 같은 날에는
함께 하고픈 사람이 있답니다

어느 문학소녀의
해맑은 웃음을 기억하며
그녀와 빗속을 거닐고 싶답니다

그리고
풍경이 있는 찻집에서
그녀의 향기가 피어오르는
따뜻한 차 한 잔 마시고 싶답니다

오늘같이 비 오는 날이면
길모퉁이 공중전화 박스에서
그녀의 목소리를 듣고 싶답니다

그래 오늘은 퇴근길에
길모퉁이 공중전화 박스로
달려가 그리운 사랑 찾아가야지…….

당신은 사랑입니다

당신은
오늘도 변함없이
날 반겨 주었습니다

때로는
당신에게 심술을 토해내도
언제나 한결같은 마음이었습니다

가끔은
지친 삶 내려놓고
막걸리 한 사발에
세상을 향해 한을 풀어내도
당신은 날 버리지 않았습니다

때로는
당신을 뒤로하고
긴 여행을 떠나고 싶었습니다

그래도
아침이면 당신은
내게 따뜻한 손 내밀어 주었습니다

당신의
따뜻한 손으로 인해
참으로 가슴이 뜨거운 오늘입니다.

남자가 바다로 간 이유

밀려오는 파도에
마음 하나 내려놓고
멍하니 수평선을 바라보는 남자

백사장에 널브러진
수많은 조개껍질들의 이야기
깨지고 부서지고 구멍 난 상처들
어쩌면 우리들의 이야기인지도 모른다

별빛이
내리는 까만 밤
남자의 품속으로
밀려오는 하얀 포말들
그것은 뜨거운 숨결이었다

폐부 속으로
파고드는 바닷바람
남자는 밤바다에 흠뻑 취했음일까
아무 말 없이 바다 속으로 걸어간다.

그리움이라는 이름으로

떠난다고
외로워하지 마세요

당신이
우리들 곁을 떠나도

당신이
남기고 간 사랑은

우리들 가슴 속에
아름답게 남아 있음이지요

차가운 바람이 가슴을 흔들고
따뜻한 아랫목이 그리움을 부를 때
살포시 꺼내어 당신을 기억하겠습니다.

한 줌 햇살이고 싶습니다

사무실 창으로
살포시 들어온
포근한 아침 햇살

그 햇살
한 줌 담아
당신께 보냅니다

그 햇살처럼
늘 따뜻한 숨결이길 바랍니다

오늘을 맞음에 감사하며
살아 숨 쉴 수 있음에 감사하며
그렇게 당신을 만남에 두 손을 모읍니다

때로는
가슴을 적시는
바람이 세차게 불지라도

난
당신에게
한 줌 햇살이고 싶습니다.

거울 앞에 서면 행복한 남자

한 남자가
거울 앞에 서 있다

그리움도
삶에 지쳐 쓰러진 밤
여기저기서 신음 소리가 들려온다

근육질의 반란
전국에서 쿠데타를 일으킨다

수증기가
가득한 거울 앞에서
포즈를 취하고 있는 남자

목선을 타고
흐르는 따뜻한 물줄기에
조건 없이 가슴을 내어주고

사내는
아무 말 없이 거울 속에 있는
멋진 남자를 바라보며 행복에 빠진다.

제 3 부
안부

안부

마음의 창을 열고
그녀의 안부를 묻는다

밤이 지새도록
아름다운 언어들의 속삭임 가슴에 담아
상큼한 향기바람이 아침햇살 품에 안길 때
문학 소년처럼 빨간 우체통을 만나러 간다

새
콤
달
콤

입안에서 사과 한 조각이 춤춘다.

안부2

플라타너스 잎에다
안부하나 예쁘게 포장하여
우체국 앞에 서 있습니다

아!
깜박 잊고
수신인 주소를 적지 않았습니다

당신이 계신 그곳
도로명 주소를 알 수가 없습니다

어쩌지요
지나는 바람에게 안부를 부탁하고
멍하니 파란 하늘만 올려다봅니다.

당신

너무나 뜨거웠지요
당신의 뜨거운 숨결은
내 심장을 멈추게 하였답니다

뒤척거리는 밤
숨은 턱까지 차오르고
온몸은 땀으로 흠뻑 젖었습니다

그 누구에게도
당신의 뜨거운 사랑을
말할 수 없었지만 참으로 행복했습니다

기다림의 시간
파스텔톤으로 채색된
당신의 아름다운 사랑을 기억하며
가을로 가는 길에 마음 하나 내려놓습니다.

사과

달빛이
가슴을 적시는 밤
붉은 입술의 유혹
너의 입술을 깨물고 싶다

문학소녀의
수줍음일까
가을 햇살에
빨갛게 물들어 가는
너의 달콤하고 뜨거운 유혹

취하고 싶다
내 마음 아낌없이
다 주고 싶음이다

이 가을이 가기 전에…….

여유

굵은 땀방울 흘리며
앞만 보고 달려온 숨 가쁜 시간들
잠시나마 쉼 할 수 있는 마음의 여유

그래서 난
이 가을이 참으로 좋다

가끔은 고독을
즐길 줄 아는 사람이고 싶지만
그 고독에 노예가 되고 싶지는 않다

숲길을 걸으며
맑고 파란 하늘을 보라
가슴의 창으로 스치는 풍경을 보라

하루를 여는 아침
사무실 창으로 살포시 찾아온
향기바람 얼마나 상큼하고 사랑스러운가

난 이 가을을
마음껏 포옹하며 사랑하리라

제목 : 여유
시낭송 : 박영애

스마트폰으로 QR 코드를 스캔하면
시낭송을 감상할 수 있습니다.

메마른 내 가슴에
수채화로 물들인 사랑으로 흠뻑 적시리라.

배꼽 〈시조〉

너무나
행복해서
배꼽이 바람났네

배꼽이
책상 위에
올라와 싱글벙글

배꼽이
미쳤나 보다
한 잔 술에 껄껄껄…….

초승달 〈시조〉

베란다
빨랫줄에
초승달 걸려있네

얼마나
그리우면
손톱에 새겼을까

이 밤이
지새고 나면
나의 사랑 오려나.

기다림 〈시조〉

흔들고
흔들리고
그렇게 흔들리네

때로는
목마름에
사랑을 노래하네

바람아
힘껏 불어라
가을 남자 품으로…….

잔소리 〈시조〉

여보야
병원 가요
안 그럼 화낼 거야

당신의
잔소리가
왜 이리 행복할까

사랑해
당신 품속에
함께 있어 따뜻해.

막걸리 〈시조〉

추억을 마신다네
고향을 마신다네

탁배기 한 사발에
식은 밥 한 덩어리

서민의 애환이 담긴
눈물의 삶 막걸리.

아리랑

가슴이 벅차다
너무나 벅차서
눈물이 가슴을 적신다

백두산에서
우리 민족의 한과 얼이 담긴 아리랑이
뜨거운 가슴으로 덩실덩실 어깨춤을 춘다

천지에 손을 담그고
남북의 정상이 마주 잡은 손
우리 민족의 뜨거운 포옹이며 숨결이었다

아리랑
아리랑
아라리요

어느 가수의 아리랑이
우리 민족의 심장 속으로
뜨겁게 뜨겁게 흐르고 있으리라.

제목 : 아리랑
시낭송 : 박영애
스마트폰으로 QR 코드를 스캔하면
시낭송을 감상할 수 있습니다.

*남북정상회담평양 〈2018년 9월 18일(화) ~ 20일(목)〉

가을사랑 〈시조〉

1.
시월의 아침 위로
그리움 피어난다

수채화 물감 풀어
당신을 그려본다

아 시월 가을 여인아
사랑한다 그대여.

2.
시월의 창가에서
그녀를 기다린다

바람이 불고 있다
그녀의 마음일까

바람은 멋진 남자의
가슴 속에 안긴다.

가을남자

이 가을 누군가의
가슴을 흠뻑 적시는
그런 멋진 남자이고 싶다

누가 가슴에
찬바람이 분다 했던가
아직은 내 목선을 타고 흐르는
뜨거운 땀방울이 젊음의 노래인 것을……

이별&사랑 〈시조〉

바람아
울지 마라
무엇이 슬프더냐

보내며
떠나는 것
자연의 섭리인 걸

때로는
보내는 것도
사랑이라 말하지.

그래도 좋아

어느 날
가을을 남기고
말없이 떠나갔을 때
정말로 날 잊은 줄 알았습니다

하지만
당신의 안부를 받던 순간
지나간 어제는 다 잊었습니다

그저 당신이
날 잊지 않고 있었다는 것
그 자체만으로도 기쁨이고 감사입니다

언제나
초록향기로 다가오는
맑음의 숨결 당신을 사랑합니다.

가난한 시인

가진 거라고는 하나도 없는 남자
가난한 시인은 베란다 작은 공간에서
책 냄새에 취한 탓일까 멍하니 하늘만 바라본다

갑자기 커피 생각이 난다
시커먼 커피 한잔 타서 목구멍을 적셔 보지만
마음이 아픈 탓일까
시린 가을을 마시는 것처럼 입안이 쓰다

침대에 누워
시를 낭송하는 남자
자아도취에 취한 탓일까
감성에 젖어 깊은 가을 속으로 걸어간다

어디선가
들려오는 소리
아프다 아프다고 한다
가끔씩 움직일 때마다 삐거덕 거리는 침대

침대에서 내려와 포복이다
세상 속으로 나가고 싶어 하는 시집들
쓸쓸한 가을바람처럼 가난한 시인을 바라본다

시집을 깔고 자는 남자
남자는 밤새 뒤척거리다
이른 새벽 이불 속에서 글 하나 끄적거린다

가난한 시인의
마음을 알고 있음일까
시계의 초침 소리만이 마음을 달랜다.

그대 가을이여 〈시조〉

1.
뜨거운 여름 지나
내게로 오신 그대

당신은 가을사랑
붉은 꽃 안시리움

내 가슴 가을 햇살에
익어간다 빨갛게…….

2.
가을로 가는 길에
그대를 만났네요

지난 밤 빗소리에
내 가슴 다 젖었소

사랑을 싣고 온 그대
아침으로 오소서.

가을 그리고 비

너무나
바짝 말랐음일까

아프다 하네요
가을이 아픈 것처럼

종일토록 내리는 비
그 비에 가슴은 흠뻑 젖었다

행복하다
가슴이 참으로 따뜻하다
내 심장을 타고 흐르는 비
가을을 찾아온 당신이였으면 좋겠습니다.

자유로운 영혼

날마다 맞이하는 아침
그 아침은 오늘도 변함없이
멋진 남자를 기다리고 있다

베란다에서
그리움으로 밤을 지새운
초록 친구들과 뜨거운 포옹을 한다

그리고 가벼운 스트레칭
샤워를 하고 아내와 마주한 시간
된장찌개가 행복의 노래를 부르는 아침이다

아내의 출근길
난 김 기사가 되어 아내의 직장에
안전하게 내려주고 헬스장으로 향한다

어느 날 사라진 복근을 찾느라
멋진 남자의 몸은 여기저기서 반란이다
굵은 땀방울이 가져다주는 또 다른 행복이다

김 주부로 돌아와
세탁기를 돌리고 청소기를 돌리고
물걸레는 긴장을 놓지 않고 구석구석 수색이다

이제 잠시 휴식의 시간
베란다 작은 쉼터 나만의 공간
진한 아메리카노 커피 냄새가 코끝을 자극한다

참 좋은 당신을 만났습니다

자유로운 영혼은
책 냄새에 취하고
흐르는 음악에 취한 탓일까
깊어가는 가을 속으로 발길을 옮긴다.

제목 : 자유로운 영혼
시낭송 : 박순애

마라토너의 가을

굵은 땀방울
향기바람으로 다가와
투박한 남자의 가슴을 흔들고 있다

가슴이 뜨겁다
턱까지 차오르는 거친 숨결
심장이 터질 것 같은 희열감
마라토너만이 느낄 수 있는 특권이며 축복이다

얼마 남지 않은 가을
그대 품속에 잠들고 싶다
그대의 체취, 뜨거운 숨결을 느끼며
가을 가을 그대 품속으로 달리고 싶다.

가을과 겨울 사이

금요일의 오후
오래된 친구 애마와 함께
나만의 시간 속으로 여행 중이다

가을과 겨울 사이
나는 어디에 걸려 있을까

앙상한 나뭇가지 사이로
한 줌 햇살이 남자의 가슴을 포옹한다

어디선가 날 부르는 소리
당신 지금 어디로 가고 있어요

나에게 물어 본다
넌 어디로 가고 있는가

아무런 말이 없다

창문을 내린다
차가운 바람이 폐부 속으로 스며든다

투박한
남자의 가슴
쿵쾅거리는 심장 소리만이
내가 살아 있음을 느끼는 순간이다.

막차는 가을을 싣고

라디오에서 흘러나오는
어느 가수의 아름다운 사랑이
막차를 타고 가을 속으로 흐른다

차창으로 비추는 뿌연 가로등 불빛
삶에 지친 영혼들의 노래가 참 슬프다

아파트 난간에
아슬아슬하게 걸려있는 달
등대처럼 밤길을 밝혀주는 그대
별빛이 내리는 밤 꿈을 꾸고 있다

가슴을 적시는 차가운 바람
슬며시 내 품속으로 파고든다
가을 그대가 꿈속으로 걸어온다

아! 가을 가을
아름다운 꿈이여
아름다운 내 사랑이여…….

당신이 그리움입니다

그 뜨거웠던
여름은 말없이 지나가고
어느덧 가슴을 여미게 하는 계절입니다

당신이 떠나간 빈자리
늘 그리움으로 기억합니다

하얀 침상 위에서
나도 너희들 따라서
집에 가고 싶다는 그 말이
가을바람으로 다가와 가슴을 적시고 있답니다

당신이 머문 자리는
시간 속으로 희미하게 사라져 가지만
당신의 따뜻한 웃음은 제 가슴속에 남아있답니다

보고 싶습니다
나의 사랑하는 장모님……

가을이 흔들리는 이유

바람이 분다
그 바람은 비를 몰고 와
잠자는 남자를 흔들어 깨운다

비가 내린다
그 비는 그리움이 되어
가슴속으로 천천히 걸어온다

그리움이 파도의 포말처럼 밀려온다
그 그리움은 아무 말 없이 다가와 내게 말한다

안아줘요

남자의 가슴은 뛰고 있다
42.195㎞ 달리는 마라토너처럼…….

가슴으로 흐르는 사랑

한 줌
바람이고 싶다

숲에서 불어오는
맑음의 숨결이고 싶다

그녀의
가슴으로 걸어가
사랑으로 내리고 싶다

아침을 타고
들려오는 피아노 소리
그녀가 내 가슴으로 흐르고 있다

투박한 남자의 가슴
수채화 물감에 흠뻑 젖었다
가을로 가는 길, 꿈을 꾸고 있다.

커피가 그리운 아침에

그녀의 진한 향수처럼
음악의 선율은 가을을 타고
떨림으로 다가와 나를 흔들고 있다

그녀의
목소리인 듯
착각 속에 빠져
애마에 몸을 맡기고
어디론가 분주하게 움직인다

커피가 그리운 아침에
수채화로 물들인 사랑
진한 커피 내음에 가을 속으로 빠진다

입안에 감도는 향긋한 그 느낌
짜릿한 키스처럼 긴 여운을 남기며
오늘도 또 하나의 행복을 스케치한다.

제목 : 커피가 그리운 아침에
시낭송 : 김이진

스마트폰으로 QR 코드를 스캔하면
시낭송을 감상할 수 있습니다.

그녀는 거기에 있었다

가을비가
가슴을 적시더니
오늘은 너무나 맑은 숨결이다

가을을
가지러 간 남자
마법에 걸렸나 보다
그곳에는 아름다운 사랑이 걸려 있었다

지난 밤
누군가 달려와
수채화 물감을 흠뻑 뿌려 놓았음일까
바람결에 물감 냄새가 진동을 한다

뜨거운 포옹이다
가을 햇살은 상큼한 향기바람 몰고 와
우리들의 가슴에 축복의 꽃비를 뿌린다

깊어가는 가을처럼
사랑이 맛있게 익어간다
마주 잡은 따뜻한 손길 안에서…….

봄을 마시는 가을 남자

단풍도 잠이든 가을밤
어둠이 내린 베란다 창가에
그리운 얼굴 하나 걸려있다

어느 봄날에
수줍게 망울 틔우던 벚꽃
그 꽃 대궐이 가을 속으로 걸어와
크리스털 찻잔 속에 그리움으로 피었다

봄 한 잔을 가슴으로 마시며
그 봄날의 재잘거림 혀끝에 담아
꽃비가 내리던 그 길을 걸어간다

찻잔 속으로 거닐던 남자
꽃처럼 피어나는 그리움 따라
말없이 어둠 속으로 발길을 옮긴다

아파트 모퉁이 벚나무에
왕벚꽃이 가을밤을 수놓는다
그녀의 해맑은 미소처럼……

제목 : 봄을 마시는 가을 남자
시낭송 : 박영애
스마트폰으로 QR 코드를 스캔하면
시낭송을 감상할 수 있습니다.

그리움이 사랑을 품을 때

누가
가을은
남자의 계절이라 하였던가

그리움이
사랑을 품을 때
바람은 이미 알고 있었나 보다

내 가슴 속으로
들어온 상큼한 바람이
구절초의 사랑이었다는 것을

이 가을
붉게 물들이고 싶다
사내의 투박한 가슴을 …….

낙엽으로 편지 쓰는 남자

가슴 속 서랍에
접어둔 그리움의 조각들
바람에 꿈틀거리고 있다

꽃잎 하나 따서
그녀의 이름을 새기고

수채화 톤으로 물들인
낙엽 친구들 불러놓고
사랑해 보고 싶다 말했다

참으로 유치하다
조금 유치하면 어떤가

내 마음
아직도 문학 소년처럼
촉촉하게 젖어 있는 것을

아침 속으로 그녀가 걸어온다
그녀를 닮은 꽃 내음이 진동을 한다
은은한 차 향기에 남자는 가슴을 내어준다.

제 4 부

행복 한잔

행복 한잔

부드러운
하얀 우유 속에
노란 속살을 드러낸 군고구마

둘이는
하나 되어
아침부터 깊은 사랑에 빠졌다

그녀와의
달콤한 키스처럼
입술을 녹이는 고구마라떼

새콤달콤
밀감 한 조각이
입안에서 톡톡 행복한 비명이다

싱그러운
아침 햇살 속으로
투명한 유리 그라스가
맑음의 소리로 다가온다.

그림자

그림자가
되었습니다

파도가
밀려와도
젖지 않는
그림자가 되었습니다

바람이
불어와도
쓰러지지 않는
그림자가 되었습니다

그림자는
어떠한 시련이 닥쳐와도
그 자리에 하나 되어 서 있습니다

그림자가
백사장을 걸어갑니다

그리고
빈 그네에
마음 하나 내려놓고
바람의 유혹에 푹 빠졌습니다.

디딤돌

손에서
손으로 전해지는
작은 나눔의 사랑
기쁨과 감사의 시간이다

뜨거운 숨결은
사랑의 연결고리를 타고
좁은 골목길로 파고드는
차가운 바람을 포옹한다

검게 그을린 아이는
우리들의 가슴에 안겨
뜨거운 숨결을 느꼈으리라

허리의 심한 통증
하지만 마음만은
참으로 따뜻하고 행복하다

연탄
한 장의 숨결
그 뜨거운 가슴을
당신은 느껴 보았는가

따뜻한 가슴을
품고 산다는 것
얼마나 아름다운 일인가.

편도염

그녀가
내 품속으로 들어왔다

너무나 긴장한 탓일까
키스하는 법을 잊어버렸다

그리고
마른침만 삼키고 있다

목젖이 아프다
침을 삼킬 수 없음일까

그리움이
진하게 묻어나는 밤
그녀의 마음만 삼키고 있다.

편도염2

눈보라가
몰아치던
어느 겨울밤

그리움으로
몸살을 앓았던 그 파편들이
지금도 내 목구멍을 자꾸만 찌르고 있다

참으로 지독한 녀석이다.

고등어2

그는
날마다
꿈을 꾼다

바다로
돌아가는
꿈을 꾼다

그는 날마다
산꼭대기에 오른다

바다가
어디에 있는지
찾고 있는 중이다

난 보았다
시장 좌판에서
눈물 흘리는 고등어를…….

겨울 편지

겨울로 가는 길
어찌 지내시는 지요

지난밤에는
겨울아이가 찾아 왔어요

반가움에 찾아온
아침 햇살 품에 금방 잠들었지만
그래도 겨울로 가는 길은 행복하답니다

하루를 여는 아침에
그대에게 안부를 물을 수 있음은
순백의 아름다움처럼 기쁨입니다

함께한 시간들
가슴 속 서랍에
고이 접어 두었다가
따뜻한 봄 햇살이 손짓하는 날에
아무도 몰래 살포시 꺼내어 보렵니다.

황태해장국

겨울 사랑이 시작되었나보다
아내는 지금 감기몸살중이다

밤새 기침을 하던 아내는
새벽에서야 잠이 들었나보다

살며시 일어나
황태해장국을 준비한다

아버지 요리교실에서 배운 레시피대로
다시마, 멸치, 파를 넣어 우려낸 육수를 준비하고
물에 불린 황태, 무우채를 넣고 들기름에 달달 볶는 중이다

그렇게 난생 처음으로 만들어진
황태해장국 예쁜 그릇에 담아낸다

아내를 위해
정성스럽게 마련한 아침밥상에
잠자던 공주님을 깨워 함께했다

입맛이 없다던 아내
남편의 따뜻한 손길에
황태해장국 한 그릇 뚝딱이다

거실 방으로 들어온 아침햇살처럼
겨울로 가는 길 따뜻한 행복이 흐르길 바라는 마음이다.

뜨거운 사랑

시장 좌판에
누웠던 과메기 한 마리

입속으로
들어오는 순간
남자는 비명을 질렀다

피멍이 들었다
얼마나 그리웠으면 …….

따끈한 행복

핸드폰의 울림
그녀의 맑은 숨결이다

또각또각
계단 오르는 소리
그리고 초인종의 울림

그녀의
손에 들린 까만 비닐봉지
그 검정 비닐봉지 속에는
그녀의 마음처럼 따끈따끈
군고구마가 방긋 달콤한 유혹이다

멋진 남자는
현관 앞에서
내 사랑 그녀를 포옹한다

겨울로 가는 밤은
군고구마처럼 따끈하게
맛깔스럽게 익어가고 있다.

하얀 그리움

따뜻한
마음 하나
당신에게 주고 싶다

이 밤은
꼭 그러고 싶다

밤이
지새도록
날다 지쳐서
어딘가에 흩어져도

이 밤이
하얗게 물들 때까지
아무도 가지 않은 그 길 위에
내 뜨거운 심장을 꺼내놓고 싶다.

겨울 이야기

봄이 오는가 싶더니
또다시 겨울은 앙탈을 부렸지
뜨락으로 살포시 내려앉은 아침햇살
내 작은 가슴 속으로 수줍게 파고들었지
차가운 바람은 그녀의 옷깃을 여미게 하였지

산다는 것
뭐 특별한 거 아니지
새로운 아침을 맞음에
그냥 오늘 내게 주어진 시간에
작은 행복을 느끼며 감사함이지

누군가 남자의 목이 부러져 버린 목각을
수술하고 사랑을 불어넣어 화단에 두었는데
어느 날 아름다운 겨울 이야기로 태어났었지

겨울 이야기
그냥 불러보고 싶은 이름이지
늦은 밤 우리는 수많은 이야기를 했었지
그리고 보고파하고 그리워하고 사랑했었지
때로는 겨울 아이처럼 따뜻한 품을 그리워하며…….

겨울 속으로

버프
고글
빵모자

주말 오후
남자는 무장을 하고
겨울 속으로 달린다

내 모습을 본 그녀는
꼭 도둑놈 같다고 깔깔거린다

오랜만에 달려서일까
심장이 잔뜩 긴장을 하였나 보다
숨이 턱까지 차오르고 발걸음도 무겁다

바람이 차다
남자의 가슴팍으로 파고드는 바람
가슴을 열고 꼬옥 안아주고 싶음이다

겨울 강가에
잠시 발걸음을 멈추었다

가슴 속으로 흐르는
뜨거운 땀방울들 강바람에
아무 말 없이 가슴을 내어주고 있다

잠시 멈춤인데 춥다
겨울 강을 뒤로하고
다시 일어서서 힘차게 달려야 한다

멋진 남자의 심장 속으로
뜨거운 피가 흐르는 그날까지…….

사랑해요 당신

어서 와요 당신
당신 잘 있었어요

참으로
먼 길 달려온 당신
두 팔 벌려 반겨줄게요

앞만 보고
숨 가쁘게 달려온 시간
세상 사람들의 푸념에
얼마나 아프고 힘들었는지요

12월의 아침에
당신을 불러봅니다

가슴이 싸하게
젖어 오는 것은 왜일까요

그래요
이제는 울지 말아요
아무 말 하지 말아요

오늘은
뜨거운 숨결로
당신을 꼬옥 안아 줄게요.

詩集을 보냈다

시집 〈수채화로 물들인 사랑〉
내 이름 석 자 예쁘게 적어
빨간 우체통이 보이는 우체국으로 달려갔다

어디서부터
따라 왔음일까
겨울 햇살이 나를 따라
우체국 안으로 들어왔다

난
아무도 몰래
그 햇살 한줌 담아
시집 갈피에 숨겼다

그리고
누가 볼세라
빠른 등기로 보냈다

오늘 아침
시집을 잘 받았다는 문자를 받았다
가슴이 너무 따뜻하고 행복하다고…….

내 마음의 풍경

창밖에 풍경은
순백의 아름다움으로 다가와
그 누군가를 기다리고 있습니다

그 세상처럼
이 세상이 어린아이처럼
맑고 깨끗했으면 좋겠습니다

날마다 맞이하는 아침
오늘 우리에게 주어진 이 시간이
숲속을 거니는 맑음의 숨결이길 기도합니다

겨울로 가는 길
몸통만 남은 앙상한 가로수 앞에서
삶에 지친 영혼들은 잠시 발길을 멈추었습니다

길거리 자판기
종이컵에 담긴 따끈한 커피 한잔이
그들의 가슴을 녹이는 사랑이었으면 좋겠습니다.

제목 : 내 마음의 풍경
시낭송 : 박영애
스마트폰으로 QR 코드를 스캔하면
시낭송을 감상할 수 있습니다.

아침햇살 같은 당신

당신
생각나나요
우리가 처음 만난 그 날을

당신의 눈빛이
아침햇살처럼 빛나요

당신을 바라보면
가슴이 너무나 벅차고
하루가 꿈과 행복으로 넘쳐요

아침햇살 같은 당신
내게 와줘서 정말 고마워요

어느 가을 날
내 손바닥 위에
빨간 단풍잎 하나 올려준 당신

사랑해요
내 목숨보다 더 …….

영월 민속 5일장

동강이 흐르는 둑방길 따라
정겹게 펼쳐진 영월 민속 5일장
그곳에는 테마가 있고 삶의 이야기가 있다

폐부 속으로 파고드는
찬바람에 가슴을 내어주고
한 잔 술에 삶을 토해내는 사람들

차가운 아스팔트 위 작은 천막 아래
겨울도 잊은 채 거리로 나온 봄나물
지나는 사람들의 바짓가랑이를 붙들고

꽁꽁 얼어붙은 생선들은
차가운 동강으로 금방이라도
뛰어들 것처럼 눈알이 초롱초롱 하다

뜨거운 어묵 국물
뽀얀 막걸리가 춤추는 오후
붕어빵도 취했는지 거리에 드러눕는다

이름 모를 사진작가의
긴 머릿결은 바람의 유혹에 나부끼고

아름다운 그녀는
연신 카메라 셔터를
눌러대느라 손길이 분주하다

카메라 앵글 속에
삶의 이야기가 수채화처럼 그려지고
겨울 찬바람에 볼이 빨개진 그녀의
얼굴엔 따뜻한 삶의 행복이 묻어난다.

제목 : 영월 민속 5일장
시낭송 : 김이진

스마트폰으로 QR 코드를 스캔하면
시낭송을 감상할 수 있습니다.

얼마나 아팠을까

바
람
이

아프다

울음을
토해낸다

바닷가로
걸어 나온
파편들처럼

깨지고
부서지고
구멍 나고

얼마나 아팠을까
백사장에 누워버렸다

하얀 물보라
파도가 남기고 간
그리움의 알갱이들

하나
두울
주머니 속으로 들어왔다

손끝으로
전해지는 작은 떨림

뱃고동
소리에 놀랐음일까
손바닥 안으로 파고든다.

자꾸만 눈물이 납니다

막걸리
한 사발에
취했나 봅니다

이유도 없이
자꾸만 눈물이 납니다

어느 날
세상이 싫다고
먼저 간 친구도 생각나고

아들과
마지막 산행을 뒤로하고
말없이 하늘나라로 떠나가신
아버지도 그리움으로 다가옵니다

사위랑 막걸리
한 사발에 행복해 하시던
장모님도 오늘따라 너무 보고 싶습니다

겨울로 가는 길
나도 조금씩 늙어 가나 봅니다.
모든 것이 그리움으로 다가오는 것을요

누군가
말했지요
인생은 취해야
그 맛이 느껴진다 했던가요

생막걸리
한 잔 마시면서
함께 눈물을 흘리던 사람

오늘은
취하고 싶습니다
막걸리 한 사발에
마음을 다 내어 주고 싶음입니다.

눈 내리는 수요일 아침

어느 문학소녀의 가슴에
수줍은 듯 안겨있는 한 권의 시집

세월의 깊이만큼이나 색 바랜 신문
먼지가 폴폴 날리는 비포장 길 따라
까까머리 머슴애가 추억 속으로 걸어갑니다

음악이 흐르는 아침
커피 한 잔의 여유로움
아름다운 언어들의 속삭임
생각만으로도 행복한 아침입니다

눈 내리는
수요일 아침
베란다 창가에
하얀 마음 하나 걸어 놓고

그 옛날
어느 문학소녀의
수줍은 얼굴을 기억하며
이젤 위에 봄 하나 살포시 올려놓습니다.

제목 : 눈 내리는 수요일 아침
시낭송 : 최명자
스마트폰으로 QR 코드를 스캔하면
시낭송을 감상할 수 있습니다.

124

그리움이 찾아오는 날에

차가운
가을바람이
가슴을 적시는 날에
당신의 아침을 노크합니다

언제나
그랬듯이
오늘도 당신의
따뜻한 품속에서 함께합니다

수채화처럼 아름다웠던
우리들의 가을 이야기
이제 가슴속 서랍에
고이고이 접어두었다가

어느 날 문득
그리움이 찾아오는 날에
살포시 꺼내어 보렵니다.

삶이라는 울타리 속에서

가슴속에
예쁘게 채색된
수채화로 물들인 사랑

하루를 여는 아침
아메리카노 한 잔에
그리움을 담아 마신다

어쩌면 우리는
삶이라는 울타리 속에서
늘 그리움을 먹고 사는지도 모른다

그래서
그리움은 지우려 해도
파도처럼 가끔 찾아와
가슴을 흔들고 있는지도 모른다

겨울 바다가
아무 말을 하지 않는 것도
가슴속에 꼭꼭 숨겨둔 그리움을
지울 수도 떠나보낼 수도 없기 때문이다.

발가락이 사랑에 빠졌다

차가운 바람이
베란다 창을 두드리는 밤

요술냄비는
가스레인지 위에서
맛있게 익어가는 겨울밤을 부른다

거실 방
포근한 담요 속에서
세월을 닮은 발가락들이
감미로운 사랑에 빠졌다

진한 커피내음
노란 속살을 드러낸 군고구마
그녀와 함께 겨울밤을 채색한다.

내 마음에
꽃비가 내리면

김이진 제2시집

2019년 5월 1일 초판 1쇄
2019년 5월 7일 발행
지 은 이 : 김이진
펴 낸 이 : 김락호
디자인 편집 : 이은희
기 획 : 시사랑음악사랑
연 락 처 : 1899-1341
홈페이지 주소 : www.poemmusic.net
E-Mail : poemarts@hanmail.net

정가 : 10,000원
ISBN : 979-11-6284-112-9